KB133494

살아서 버티는 일 외에는

왜 누가 우리를 이 회색 붉은 풍경 속에
방치했는지 더 이상 알 필요조차 없다.
어젯밤 사이 내린 파괴된 도시
씻어 내린 땟국물은 진한 핏물과
살점이 드문드문 뒤섞인 수프가 되어
아무도 돌보지 않은
웃자란 들풀 속으로 스며든다.

21세기 역사의 지층에는 인류의 핏물과
해체된 살점으로 굳어진
두터운 화석 층의 풍화가 이미 시작하였다.
석양이 날마다 더욱 검게 물든다.

프네우마 시편

프네우마 시편

ⓒ이상규, 2023

1판 1쇄 인쇄__2023년 12월 10일
1판 1쇄 발행__2023년 12월 20일

지은이__이상규
펴낸이__양정섭

펴낸곳__예서
    등록__제2019-000020호

제작·공급__경진출판
    사업장주소__서울특별시 금천구 시흥대로 57길 17(시흥동), 영광빌딩 203호
    전화__070-7550-7776 팩스__02-806-7282
    홈페이지__https://mykyungjin.tistory.com
    이메일__mykyungjin@daum.net

값 12,000원
ISBN 979-11-91938-56-2 03810

예서의시 026

프네우마 시편

이상규 시집

차례

살아서 버티는 일 외에는

1부 여우를 예찬한다

2부 월인천강지곡

3부 오피러스 마녀들

4부 프네우마(Pneuma) 시편

1부 여우를 예찬한다

그레이스 M. 조 교수께

바람에 흩날리는
마지막 잎 새
순간의 운명을 추억보다 무겁게
한 시대의 운명이 되려 했다.

싹을 틔워 점점 푸르게 자란
대지를 떠나
수평으로 만나는 잔잔한
바람 틈새로 내리는 빗방울
감당키 어려운 중력
초록 풀밭에 떨어진
붉은 꽃잎 한 장
바람 앞에 남기는 최후의 몸짓
그 또한 한 시대의 운명이 되려고 한다.

세상에 하찮은 존재는 아무것도 없다.
그리고 낙화하지 않는 것 또한
아무 것도 없다.

*그레이스 M. 조의 『전쟁같은 맛』(글항아리)의 저자. 뉴욕시립대 교수.

김선이 농업샘

용문 회룡 물굽이 휘돌아
여름 장마가 불려놓은
황톳물이 차차 맑아질 무렵
밤이 짙어지니
낙동강물 별빛 가득 흘러간다.

예천 용문중학교
선이 김 농업 샘
하숙집엔 학부형 눈치 볼까
강둑길을 얼마나 걸었을까
하늘 초롱초롱 별빛
밤하늘 넘실넘실 젖어가는
강물에
별 말도 없이

선이야

강물이 우리 발끝까지 차오르면
일어서서 뒤돌아보지 말고
우리 갈 길로 되돌아가자

꼭 잡은 손에 땀에
짧지 않은 추억들 다 녹아
점점 맑게 차오르는 강물에
함께 실어 보냈다.

여름 방학이 올 무렵이면
빚 받으러 오는 이처럼
찾아오는 긴 장마
어느 날 쨍쨍 햇살이
빗줄기 발문을 열어젖힌 날
무작정 보고 싶은
선이 선생을 찾아
버스를 타고 내린 마을
용문중학교

얼마 전 예천에 갔다가
아내와 함께 돌아오는 길
옛날 기억과 너무나 달라진
용문중학교 곁을
지나가다가

눈물이 핑 돌았다.
자동차 유리에 쏟아지는 별빛들
사랑 때문이 아닌 그리움
때문이리라.

전투하듯 살아온 내 삶에
잊어버린 소중한 추억이
블로그처럼 와르르
무너진 허무
황토 빗물이 점점 가라앉는
강물 바닥에 폭포처럼
낙하하는 별빛에 새겨진
그리움의 낡아빠진 지도

농업 선생님
잘 웃는 중2학년 2반 담임

구지 장터 양지다방

석양노을은 갑자기 밀어 닥친다.
황홀한 색상의 혼합으로 된 바탕 그 위에는
미세한 겨울 나뭇가지나 전선
지나가는 바람의 흔적까지
도드라지게 드러낸다.
때로는 그 경계가 일순 다 지워지고
보석 같은 별빛과
늘 기다려지는 출렁이는 달빛이
파도처럼 밀려온다.

달성군 구지면 장터 양지다방
창문 너머 병풍처럼 둘러싼
신도시 아파트 불빛이 스러진
황혼녘 서쪽 하늘을 둘러칠 무렵
금속성 별빛 장석이 총총 달린
미니스커트에 흰 부츠를 신은
예쁜 청회색 한 마리 노새 닮은
양지다방 여주인

등에 짊어진 무거운 삶의 짐 보따리

내려놓을 땐 가끔 눈물이 섞여 있다.
그녀가 걸어온 삶은 굽고 기울어진 능선, 그
가파른 시간 금방 사라지는 양지다방
지금 황홀한 저녁노을이다.

채소 난전과 대장간 건너
창원에서 올라온 나전칠기
담양에서 올라온 대소쿠리
낙동강 타고 올라온 소금기에 삭은
비린내 나는 생선 난전
얽음배기 박서방, 혀짜레기 허서방
오일장 파장 길에 들러
쌍화차 한 잔 시켜놓고 손목
슬쩍 한 번 잡아주고 훌쩍 떠난
지난 사람의 그리움에

노을이 눈물방울에
붉은 보석같이 박혀 있는
양지다방 미즈 리
그녀는 삶의 답으로
도라지 위스키 한 잔에 눈물 쏙
빼놓는 여태 걸어온 능선 가파른 길을
쉬지 않고 달리고 있다.

바람개비는 바람을 피해 누워서는 돌지 않는다

 바람이 거셀수록 더욱 빠르게 돌아가는 물레방아와 같은 바람개비, 바람개비는 돌면서 바람과 풍경을 뒤섞을 줄 안다. 풍경과 시간의 혼합물 사이를 빠져나오는 풍경을 피해 바람개비는 누워서는 돌지 않는다.

 찬바람과 습윤하고 건조한 사막에서 불어오는 바람이나 툰드라 산림에서 몰려오는 바람도 한가지로 뒤섞을 줄 안다. 오직 곳곳이 서서.

수박

몸의 단층 깊이서
주기적으로 보내오는
거역의 초단파
제4의 통감, 짜릿한 절정의
소리, 떨림, 울림 그리고
뒷덜미를 끌어당기는 옛날 꿈으로
다 배출하지 못한 원혼들

새벽 산사의 목탁 소리
계곡을 쩍쩍 갈라내는 자리
휴면기의 붉은 수박 단층
철철 흐른 감미 듬뿍 휘감는
가는 실핏줄 사이로 전해지는
검은 부호들

아프다는 말이 사치스럽게
진실의 저 깊은 능선 아래로
떨어지는 아득한 생존의 늪

느껴보지 못한

깊이, 중간 중간 숭숭 박혀 있는
검은 인연들을 이어주는
살 깊은 피의 통관에 평생 숨어 있던
모르스부호
꿈속에서 튀어 오르고 있다.

달짝지근한 깊은 살 속에 박혀 있는
화살촉의 전언들
샤먼의 기다란 새털 깃으로
새겨둔 해독되지 않는 문자의
전언
오래전부터 잠든 수박

되풀이되는 그 깊은 육즙의 풍미
마그마같이 달아오른 온몸에 박혀 있는
화살촉의 오래된 녹물

얼룩진 새벽하늘
알 수 없는 회한의 검은 부호들이
꿈에서 분출하며 깨어난다.

나팔꽃

저지대 마을에 사는 사람들
그들을 둘러친 울타리는 높지 않아
옆집 사람들 심장박동 소리까지 듣는다.
경기 안성 직물공장에 일하러 갔던
옆집 얼검배기 할배 둘째딸이 가져온
종이가방에 담긴 선물이 뭣인지
그 다음날에는 온동네가
다 알게 된다.

아침이면 눈부신 그들의 가슴에 담긴
정신의 높이는
저 햇살 눈부신 하늘 끝으로 달려간다.

비록 가난하지만 그들은
가슴속에 들어 있는 뜨거운 사랑
사과상자에 심은 나팔꽃 대궁처럼
한없이 높기만 하다.

봄 햇살에 졸여가는 토장 익는 냄새
온 마을 가득 차 오르는

봄꽃이 다 진, 푸른 녹색 마을
오늘 낯선 새 한 마리
두리번거리며 누굴 찾는지
지난 건조했던 겨울에 헤어진
새끼를 찾는가?

저지대 사람들은
울기도 잘 울지만 웃기도 잘 웃는다.
산만한 새처럼 고개를 갸우뚱거리며
머릴 높이 치켜든 나팔꽃 대궁은
작은 바람에도 흔들린다.

머리로 부딪치고 울기는 몸으로 운다

    고요한 바람결에 머리를 부딪치는 숱한 것들 모두 몸의 언어로 살아 있음을 노래한다. 바람은 머리로 부딪치는데 몸은 노래한다. 지치면 팽팽한 고무줄 같은 긴장 놓아버린다. 핑글 돌아 오르는 눈물에 비치다가 일그러지는 기학학적 문양인 물상들, 다만 바람과 나와의 공간을 휘젓고 다니는 공기의 뜨거운 전율이 푸른 창공을 차고 오른다. 그렇게 해서 또 내일이 미래에서 과거로 겹쳐진다.

서로 다른 길로 가는 이들에게

사랑한다는 글자를 더듬어보면 평평하지 않다. 더 예민한 감촉으로 더 독 오른 분노와 증오, 봉그랗게 돌출한다. 원하는 게 많을수록 더 거칠고 바라는 게 더 클수록 터질 것같이 흥분된다. 평민들처럼 빵가게에도 가고 싶지만 관객이 허락하지 않는다. 사랑하기 때문에 더 부풀어 오른 기대는 가려진 포장지 속에 가지런하게 담겨 맛나고 보기 좋은 빵 속에 치솟는 분노의 생크림을 듬뿍 발라서 배달되기를 기대하는 예민한 욕망의 이슬이다. 오늘부터 독 오른 분노와 증오를 버리기 위해 빵 봉지를 길가 휴지통에 처넣기로 했다. 돌아선 앞길은 두 가닥으로 갈라져 서로 다른 시간과 높이로 움직이는 사람들이 차츰 늘어났다.

여우를 예찬한다

폭풍우 치는 장맛비가 아닌
소리 소문 없이 봄비 내리는 날
빗발 가닥마다 옥구슬로 엮인 사연들
그 차디찬 봄비는 겨울에서
여름으로 가는 다리 놓아주는 개울물

돌부리에 이리저리 부딪치며
깨어지는 빛발 같은 투명한 물방울
그 속에 어리어 있는
털빛 은은한 잿빛 여우
촉촉하게 봄비에 젖은 검은 코
여우는 함부로 몸을 움직이지 않는다.

눈빛 또한 아주 천천히
적절한 속도로 주위를 살핀다.
봄비에 젖은 은빛 털은
단 한 가닥도 엉겨 붙도록
내버려두지 않는다.

여우같은 여자를 사랑하는 이유는

여우는 아무 곳에나 발 딛지 않는

고결함이 있기 때문이다.

너는 언젠가 여우같은 여자 되어 본 적이 있는가?

아름다움

이글거리는 태양을 쳐다보지 못해
검은 셀로판지를 통해 보는
그 아름다운 혼합된 빛은
앞으로 더 견딜 수 없는
두려움의 출발선이었을까?

눈이 어두워져
앞과 뒤 그리고 좌와 우
소리 들리지 않는
깜깜한 칠흑 속에
우두커니 서 있었다.

다섯 살 먹은 손녀가
아침을 들면서
엄마에게 잠자다가
높은 데에서 아주 높은
캄캄한 하늘에서
뚝 떨어져 생일 케이크에
발이 빠졌다고

응, 키가 크려고 꾼 꿈이야.
아름다운 곳은 캄캄하고
조용해서 귀도 멀고 눈도 멀게 된단다.
사라져가는 아름다움은
이미 지난날의 일은 절대로
다시 떠오르지 않아.

들을 수도 없고 볼 수도 없으니
꿈을 꾸는 것은 아름다운 지난날과
꼭 닮은 내일이 있어.

이제 자꾸 떨어지면
175센티미터로 자라서
여자 농구선수가 될래.
세상의 사물들은 아이들의 놀이기구다.

꽃들의 사랑싸움

일찍 봄을 불러오려고 핀
춘란에 솟아오른 꽃대 두 가지
서로 자지러질 듯 껴안으며 경쟁으로
꽃을 피울 듯 하다가 어느 순간
허리를 꺾으며 서로 엉켜 안더니
이젠 90도로 몸을 함께 숙였다.

깊은 사랑에 지친
마른 목 축일 물을 서로 많이 마시려다
남 먼저 시들어간다.
사랑 탓인지
세상의 원리 탓인지
서로 몸을 꼭 껴안고 뒤틀더니
오는 봄바람 채 만나지도
못하고 말라들고 있다.

세상 다툼 사랑싸움보다 더할까.
온통 정치 싸움과 투정으로
흐려진 금년의 봄
봄맞이 대신

봄을 기다리다 지친
춘란 토분 앞에서.

이승의 걱정
정적으로 긴 봄밤을 세우다.

대화

여위고 깡마른 시어가 아니라 제법 두툼하고 질감이 나가는 시어로 시를 지어 우리의 말살이와 삶의 정감을 더 실하고 깊이를 가늠할 수 없을 정도의 대화로 엮고 싶다.

봄이 오면 따뜻한 봄바람이 커피 향기보다 짙게 대화의 오랏 엮어낼 그런 송홧가루 자욱한 아지랑이 한아름 안고 바람 속도에 발을 맞추어 예쁜 시인의 시어로 엮어 핀 봄 꽃맞이 가고 싶네.

온 마을 가득 찬 꽃향기

한낮에는 소음에 지워졌던 봄꽃 향기들 여기저기 저녁 어둠이 내려선 마을, 온 마을 한가득 꽃향기가 화음을 만들어 노래한다.

나지막한 노래 멜로디가 어둠에 잠긴 녹색 들판으로, 새들이 깃든 산기슭 높은 나뭇가지 위로, 하늘에 뜬 다이아몬드 별빛에 울림으로, 향기는 더욱 수런스러워진다.

봄이 왔다 돌아서는 발끝에 묻혀 오던 봄비 그친, 캄캄한 어둠 속에 이름 모를 꽃향기가 온 마을 뒤덮고 별이 총총한 하늘로 향한다. 이 세상에서 가벼운 것은 그 어떤 것이라도 나팔꽃처럼 끝 모르는 하늘로 치솟는다.

가난한 사람들 옷깃에 여민 봄꽃 향기는 마침내 사람들을 저 높은 하늘로 데려가서 빛으로 바뀐다.

출렁이는 강물

낡고 닳아가는 몸의 풍화를 막는 일은 여하튼 즐거운 일이다. 부풀러 오른 살점은 강한 바람결에 바짝 말랐다가 지난 해 봄에 핀 꽃잎 장식을 감추고 숨겨온 허무가 촛불처럼 녹아내린다. 춤추는 무도장에서는 죽음으로 흐르는 강의 길이와 폭은 아무런 의미가 없다. 이곳과 저곳의 경계일 뿐. 시니어 미스코리아에 출전한 여성의 워킹 중간에 멈춰서면서 쫙 벌린 다리로 각을 지워 우주를 떠받드니 박수소리가 메아리로 변해서 흔들리는 젖가슴 봉분이 풍화하며 허물어지며 지워진다. 빙설 같은 정신력이 왜 이렇게 달콤한가? 앵두 빛 루즈와 메니큐어와 페티큐어에 반사하는 조명이 하바네곡 음악에 맞추어 출렁인다. 여인의 몸이 강물이다. 아직 잔숨을 들이키고 있다. 안녕. 잘가.

폼페이

먼저 도착한 미래의 주소
불에 타버린 시가지의 텅 빈 집.
흩어졌던 유골도 과거로 되돌아가
풍화한 지금의 바람은
시간의 틈새로 쏘다닌다.

과거에 있었지만
미래에 존재하지 않는
현재의 발가벗은 속살의
거친 무문토기 살갗 같은
변형된 시간.

바람결에 부식되어 가는 유골들
가장자리부터 삭아 부서지고
사라진 것들 가운데
기억으로 남지 못한 것들만 천천히 다가온
바람의 과거.
불빛으로 환하게
가끔 다가설 때도 있다.

수성못에 내려앉은 하늘

고독하고 몸이 가벼울수록 바닥에 가라앉지 못한다. 부력이 강한 가벼운 존재는 잘 엉긴다. 세상을 회전하는 힘은 우주의 원심력과 구심력의 춤사위처럼 가벼운 존재가 큰 힘을 잠재하고 있음을 자연의 변화 속에 숨겨두었을 뿐이다. 존재의 부피와 크기와 무관한 수성못 수면에 내려온 송홧가루가 몽글몽글 뭉쳐 물가 풀잎에 달라붙어 바람에 더 이상 흩어지지 않는다. 부유하는 부초처럼 하찮은 존재들, 변두리 사람들 역시 가벼운 봄바람처럼 떠돈다. 오늘 같은 이 봄날 저녁은. 몽골사막에서 밀려온 황사 바람이 캄캄한 하늘을 뒤덮친 저녁 무렵 수성못에 반사된 하늘과 불을 밝힌 호텔 건물들이 물 위에 둥둥 떠다닌다. 황사의 미세한 먼지와 송홧가루 분말과 그 형상과 무게가 비록 다를지라도 파란 수성못 물결에 가볍게 떠올라 잔잔한 바람에 흔들릴 뿐 그들의 정신적 무게는 부피와 크기와는 전혀 무관하다. 못둑 벤치에서 물빛을 바라보던 나는 어느새 황사 먼지처럼 잔잔히 물 위로 떠돌고 있다. 이상화 시인의 시비가 바라보이는 수성못, 잠자리 몸무게처럼 가벼운 잠수함 한 대가 떠 있다.

나의 작은 소망

나의 소원은 저 푸른
하늘에서
단 한 번도 이 땅에
내려선 적 없다.
나의 소원은 늙은 노새를 타고
구름을 헤치며 저물어 간다.
이 땅 위를 덮은 푸른 하늘
구름 타고 재를 넘은
나의 소원은
손에 쥔 것 하나 없는
가난한 마음뿐이다.

생과 사

태어날 때 고통은
엄마와 나누었다.
지난 시간의 햇살 속에
한시도 잊지 못할 그리움은
날 낳아주신
엄마의 애틋한 사랑이 아닐까?

나이가 들어
되돌아갈 길이 바라다보인다.
저 고개를 넘어가는
고통과 아픔은 오롯이
자신에게 남겨 있다.

살아있음에서 벗어나는
그 길이 태어날 때보다
더 험난한 시간으로

찾아준 봄

못다 달아난
뼈저린 겨울바람
아침 동녘 보랏빛 물결
끝자락에 걸렸다가 솟구치는 바람.
탱자나무에 벽옥같이 엉긴
꽃망울 부풀어 오르네.

기다리다 서러워
내 시 한 편 쓴 종이 한 장
바람에 바르르 떨 때

꽃 피는 봄날 나는 이미 죽어
오질 못하나.

차가운 비단 비 흩뿌리는
잿빛 하늘 향해
한스럽고 외로워

천년을 흔드는 푸른 하늘
탱자꽃 향기의 몸짓.

『발해사론』

눈은 비록 흐릿하나
문리가 더욱 시원히 터지고
앞의 글과 뒤의 글이
상호 호응하고
이 책과 저 책의 울림을
하나의 곡절로 엮어내니
학문은 이제
시작할 준비가 갖추어졌는데
몸은 쇠하여지고 세월을
아쉬워해야 한다니.

김부식의 『진삼국사기표』를 재삼 읽어보니
지난 시간의 깊이가 온 우주를 휘감는 듯
민족 국가사에서
고조선의 뜬구름과 발해사를 불급한 일로
비판을 받지만 사마광의 사관으로
옳음은 둘이 아니라
오직 하나임을

역사적 진실은

一即不二임을
삶의 지향점 또한
마찬가지가 아닐까.

눈이 내린다

세상은 게으르지 않는
영혼들이 찾는 곳
값진 선물로 빼곡 차 있다.
일에 지친 이들에게
휴식을 가져다주는
흰 눈이 대지를 덮을 땐
노동을 잠시 멈추고
온건한 안락의자에 앉아
입김 서리는 따뜻한 차로
온몸의 피로를 다독인다.
영생을 갈구하는 사람들
희망의 늪은 땀에 젖어
노동과 환희의 노래로
둘러싸여 있다.
가족과 친척 그리고 이웃들
눈 내리는 차창을 내다보며
길들여진 개들과 눈을 맞추며
동화사 설법전 뜨락은 적막하다.

책과 화면 읽기

단어의 결속으로 낸 숲에서
길을 잃었다.
초록으로 덮였던 사색의 늪
흩어져 날리는 분진으로
변해 버린 기억할 수 있는
진리니 운명이니 영혼이니
지난 한때 의미심장했던
책갈피에 묻혀 있던
부호의 무게를 상실해 버렸다.

거대한 데이터의 구름을
조종하는 기술에 사로잡혀
사색의 문명시대로부터
추방된 영혼 위협하는
디지털이 가공해낸
영상의 길을
흩어진 연기처럼
어두운 숲속 길을 걷고 있다.
연기 기둥이 머리를 풀어
불어오는 바람에 맡겨버렸다.

눈썹

금정산 범어사
대웅전 심우도
오랜 옛날 금정산
솔바람 마시며 살던 호랑이가 신선되면서
눈썹이 희어졌다는데
좀처럼 내리지 않는
남도 동래에 흰 눈이 날리는 날
할 말 많은 곡절과 사연들
봄비에 촉촉하게
젖은 바쁜 새벽 출근길
밤늦도록 희미해진 동아일보
전광판이 꺼진 광화문.
옷깃 세우며 종종 출근 걸음
멀리 범어사 종소리
호랑이 눈썹 같은 봄 가랑비
퍼진다.

이등섭, 나는 너의 바람이야

예술 미학의 뿌리에
자유의 감옥 매달렸다.
집단 선동으로 분별을
잃지 않으려는 몸부림
뿌연 담배연기에 금이 간
얼굴에 난 주름

도화지 위에 태어난
지독한 고독이 흙빛으로 되돌아가는
성찰의 시간이
진정한 자유다 미학은 절대 자유다.
흉내 낸 입질이 결코 아니다.

*전완식 작가의 화실에서 만난 이등섭 그는 단 한 번도 예술의 자유라는 말을
입 밖에 낸 적이 없다. ZERO2 술병 위에 걸린 나의 시 IYOU

겨울 매화

사람들이 팔다리를 벌리고
손을 마주 꼭 잡고
하늘에서 물구나무서기를 한다.
하늘이 멀리 달아나면서 더욱 푸르다.
가끔 사람 가랑이 사이로
달이 뜨고 별도 뜬다.
비행기가 지나간 자리엔 흰 구름이
잠시 머무는 사이
바람이 사람들을 흔든다.
떨리는 마음이 부닥치며 소리를 낸다.
봄이 빨리 오라며
꽃망울 잣아 올리는
물 깃는 냄새가
아직은 차가운 겨울바람 타고 밀려든다.

아직 얼마나 더 가야 할까?

탐라국에서

눈물방울 꽃담쟁이가 되어 땅속 깊이 흘러내린다. 가을은 늘 연착하는 완행열차, 슬픔을 적신 가을비 천천히 흐르는 강물처럼 더욱 푸르다.

낮달처럼 떠 있는 구름 갈피 사이로 바람 또한 느릿느릿 빠져나가는 낙엽 지는 소리, 검은 바위에는 숱한 역사의 화석이 판독되지 않은 채 부식이 진행된다.

탐라국은 늘 외로운 가을 나라, 잘나도 잘난 체 하는 사람 없는 고요한 가을왕국 또 하루하루가 위험한 터널을 통하는 제의의 관문이다. 마천루 치솟아오른 빌딩 반짝이는 창문에서 반사되어 날아온 가을 햇볕 한 가닥 날카로운 쇠꽃이 눈부시다.

달려드는 퀵 배달 오토바이 소음이 도심 길거리에 흩뿌리는 소심한 이의 외침 쏟아지는 검게 탄 포장도로 피멍이 든 살갗에서 흥건히 배어나오는 황혼 무렵의 어둠은 유난히 빨리 잦아든다. 사납게 질주하는 헤드라이트 흩어지는 밤늦은 골목길 타박타박 또각또각 몰려오는 두려움 검은 보자기 펄럭이며 달려드는 유령들.

내 팔을 붙잡고 눈을 뜬 아침까지 한 순간도 멎지 않는 살려고 발버둥치는 들리지 않는 외마디 살려주세요, 제발. 피지 못하고 꺾인 꽃들아! 살아 있음이 오직 죄일 뿐이다. 나를 위한 참회가 무슨 소용이 되겠는가?

화가 김수영

이념 타래로 꼬아낸
색상의 더러운 풍자
자유가 감옥인지 모르는
갈 길을 잃어버린 예술
미의 분별조차 포기한

폭력의 시궁창 위대한
밀레의 종소리 김수영의
사치스러운 저항

항아리빛 푸줏간의 피가 멎은
자유의 고깃덩어리다.
김수영 시인과 화가들.

꽃집에서

봄을 시샘하는 바람이 스친
꽃들은 더욱 밝게 웃고
봄바람에 흔들리던 꽃대궁엔 더욱
진한 햇살이 쏟아져
꽃색깔 더욱 짙은

비닐에 감싼 꽃 한다발
꽃값이 엄청 올랐어요.

한 다발 꽃들이 풀어놓은
붉은색 바람과 짙노란 향기
하이얀 목소리 보랏빛 그리움
이들이 어울려
봄노래를 부르는
꽃들은 이른 봄바람에 안겨
창밖 자동차 소음도
철 이른 동해 푸른 파도 소리로
꽃집에 핀
봄꽃 구경하러 밀려드네요.

계절

장마가 무더운 여름에 쓸쓸함을 달아주네요. 길었던 봄날에서 한여름에 이르는 유난히 붉고 아름다웠던 꽃들이 있던 자리 녹색과 흰 꽃으로 자리바꿈을 하는지도 모르는 동안 긴 장마가 밀어닥치더니 무더위가 손을 잡고 다가서는 서늘한 가을의 정취가 벌써 옆구리를 쓰쳐가네요.

2부 월인천강지곡

안녕 잘가

오색 사탕이 박힌
빙설이 왜 이렇게 달콤한가?
앵두 빛 루즈와 메니큐어와 페티큐어에 반사하는
조명이 하바네곡 음악에 맞추어 출렁인다.

여름이 녹아내린다.
녹아내린 강물 속에
유영하는 여인은
아직 잔숨을 들이키고 있다.

이 세상엔 녹고 닳아서
사라지지 않는 게 없다.
내 시의 한 모서리도
부식되어 허물어져 내린다.

안녕. 잘가.

불타는 월인천강

넓은 네거리
하늘이 좁아진 높은 빌딩
가득한 어둠
점멸하는 불빛이
시들해질 무렵

교차로 푸른 신호등 불빛
달빛이 내려오고
별빛 쏟아진
푸른 강줄기
도심 네거리를 헤치며
저 먼 끝자락에 닿는
고요와 절멸

한낮동안 붐비던 차량과 사람들
흩어놓은 소음이
월인천강에
뜬 무중력의 네온사인

그 불빛 흐려지는 끝자락에

이어진 어둠이 서서히 잿빛
기지개를 펼치고 있다.

내 기거하는 공간은

아직 해가 바뀌지 않은 새해지만
한밤 내 휴대폰 카렌더에서는
분초를 기다려주지 않고
인쇄된 달력의 멋진 명화보다
블랙핑크의 춤추는 손끝 따라
멈추지 않는 세월의 영화를 보며
찬 기운 머금은 침대에 누워 뒤척인다.

추월하는 기억보다 아름다운
디지털 위로 흘러가는
언어 풍경, 영상 풍경, 소리 풍경
디지털 달력의 숲을 헤치고
쓸쓸하고 좁고 추운 길을 내고 있다.

천강월인

문자로 탈속하지 못한
현란하게 엇갈리는 존재
찢겨진 혼돈
남루한 문장의 배 위에
겨우 승선한 새벽녘 형상들
살갗이 돋아 오르는
어둠의 비명들

서서히 형체를 드러내주는
사물의 테두리
달빛 천개 흐르는 강물 위에
반짝이며 떠오르는
마법의 비유와 손을 잡다가
지워버린 자리에

무수한 어제와 유사한
브리콜라주를 베낀다.

목수와 시인

동네 골목 안 목공예 공방을
지나칠 때마다 발걸음 멈춰진다
보얗게 대패가루 분진을 눈처럼
뒤집어쓴 목수의 흰 이빨이
상아처럼 귀한 보석 같아서이다
마음속 그려둔 사물의 형체를
톱질하여 곧장 잘 드러내는
창조자이다. 그는

언어로 사물을 끄집어낼 때마다
실패한 흉물뿐인 시인보다
목수는 더 위대하다.
아도르노를 모르고 니체도 몰라도
조형의 사물을 만들어내며

매일 골목 안 공방을 지키는 이빨이
유난히 하얀 그는 내가 사는 동네

미학의 창조자이다.

오늘 그 공방 목수가
손짓하며 들어와서
나무로 열을 지핀 난로에
끓어오르는
커피 한 잔 마시고 가라고 한다.

주전자를 쥔 왼손 엄지가
보이지 않는다.
끓어오르는 수증기에 가려진 것이
아닌 몸의 일부가 단절된
흉터가 커피 향기보다 더 진하다.

천 개의 강물에

증발하지 않는 천 개의
리듬으로 흘러가는
달빛처럼 희미하게 엇나간 언어들
어둠의 마술에서 서서히
풀려난 달빛을 노래한다.

사물이 거느린 실존의
살갗과 질퍽이는 혼돈
무질서한 호흡과 심장의
리듬의 그늘이 담긴

천강 월인

자작나무

달빛을 머금은 살갗이
흰빛 그리움의 자취로
탈각하는 시간
나무등치 온전히 감싸 안지 못하고
바깥으로 뒤집히면서
끝까지 한몸으로 남지 못하는
시간 바람이 밀려온다.

자작나무 숲에는
바람과 줄 당기기하는
세월이 구름 일으키듯 깨워놓은
달빛껍질이
지나치는 바람자락

잡으려는 소리가 강물이 된다.

산짐승 발자욱 소리가
몰고 오는 바람 사이
추락하는 세월

무의 노래, 판매 중단

옥빛같이 술에 젖은 노 시인의 허스키한 언어들 여류 시인들과 팔짱을 낀 도로 위로 나뒹구는 추운 겨울이 떠오른다. 예술의 자유, 그 난해하고 가파른 자유가 디딜 수 있는 경계가 어딜까? 자유는 가장 처절한 속박과 통제 안에서 돋아날 수 있는 생명의 신호가 아닐까?

한때 스님으로 불법 구도자의 길을 걸었던, 그리고 남과 북의 분단을 헤쳐가기 위해 북쪽 최고 지도자와 축배의 잔을 높이 치켜들면서 노벨문학상의 문턱을 서성거렸던 분이 아닌가? 생명의 신호를 스스로 혼착한 봉변? 김 모 교수가 전 지구적 시인으로 치켜세운 시학의 도가 일그러져 버렸다. 묵주의 알이 터져 버렸다. 예술 행위와 개인 삶의 질서가 따로 존속하는 것이 아닐 수도 있다는 목소리 때문일까?

예술의 존재 가치의 아성을 통해 가장 높은 계급적 지위까지 이르렀던 늙은 시인의 예술적 욕망이 그가 이룩해 온 삶의 행적과 결코 무관치 않았다는 냉혹한 비판을 어떻게 뿌리칠 수 있을까? 욕망의 죄 탓으로 한 쪽 폐가 녹아내린 참회의 노래, 소설 『화엄경』, 그 건너편 피안에는 어떤 시학이 존재할까? 예술인 스스로 느슨해진 예술의 자유와 윤리의 경계선을 팽팽하게 조아야 할 사건이다. 판매 중단.

관음수월도

여명은 몰래 다가와
물길마다 돌다리가 되어
반야로 건너는 어둠을 걷어내고
광활하게 뻗은 강이 열린 곳
흰 물안개가
황금빛 아침 햇살과 함께
개들이 짖어대는 마을을 잇는다.

부드럽고 풍성한
바람의 끝자락에 벌써
봄기운을 이끌고 온다.
먼 산 우듬지에 어둠에서 풀어진
아침 안개 천강의 노래를
이승으로 이어주는
햇살이 강물 위로
금모래로 쏟아진다.

동화사 화림당 돌계단에서

산 아래 마을이 얼마나 멀까.
산머리는 구름에 닿고 발길은
머무는 물길 소리
땅에서 말려 올라오는
목탁소리.

옛탑 층층에 낀 흰 이끼
하늘 구름이 머물다 말랐을까?
대웅전 모서리
바람자락 잿빛 보살 치마
흐린 저녁 무렵 하늘에서
잦아지는 어둔 기운이
펄럭거리며
처마를 밀쳐 하늘로 오르네.

붉은 달빛
마당에 가득 차오르니
내 남은 생을 맨날 탑 돌며
발 딛고 서 있는
땅으로 돌아가지 않으련다.

一山下何年佛刹開

오더

500프로 사막여우는
내 맏손녀 윤의 자칭 별명이다.
사막여우가 제일 좋아하는
동생을 빼닮은 고양이 모모와
올 겨울 도쿄에 있는
디즈니랜드에 가고 싶다며
"도쿄에 데려가세욧"
할아버지께 카톡 오더.
볼 때마다 기쁘다.
다시 읽을 때마다 행복하다.

"옛서"
한양으로 가는 기차를 탔다.

그대 입에서 내뿜는

고요의 순결
그 적막함 잊혀지지 않는
저 멀리서 춤추며 다가오는
그대
나뭇가지 끝에 매달린
하이얀 기억들

오늘

꽃 같은 단풍도
바람 따라 흩어지고
지난 봄 마당에 가득한
형형색색의 꽃들
기억도 희미하듯

지난 날 만났던 친구들
꽃처럼 흩어진 지

오랜 시간 아니어도
기억에 사라졌네

나 또한
지난 밤 꿈에 만난 인연

새벽 창살에 비친
햇살처럼 흩어져

오늘 벌써 모두 잊었네.
하늘과 땅 사이

맺은 첫눈은
첫사랑의 흐릿한 기억

매년 한 번씩 꼭 찾아오는
아릿한 새 손님

붉은 꽃댕기 동백꽃처럼
하이얀 눈밭에 쏟아 놓은

단 한 번의 순결
눈가에 촉촉이 젖어 오는

상실한 기쁨과 희열
이 밤 늦도록

소리 없이 창문에 서리는
희미한 그대 입김

달콤한 붉은 입술

성산포 바다

성산포는 하늘이
보내준 꿈의 궁전이다.
한순간도 멈추지 않고
세로로 일어서려는
바다가 일으켜 세운
파도가 밤하늘 은하수로 흐른다.

새벽녘 무렵
황금의 허리띠가 된 이부자리
멀리 고기잡이배들의 불빛
휘황찬란하게 수놓은
축제의 침실이다.

수밀도 향기로운 가슴
아침 이슬이 맺도록 달려오라
이곳에는 끝없이 흐르는
환희의 신들이
그대들을 껴안아줄 것이다.

싱싱한 파도소리가 귓가에 있고

영원히 지워지지 않을 꿈
영글게 해줄
원시적인 아침 햇살이
하루도 쉬지 않고
바람과 함께 찾아오는
성전이다.

텅 빈 주점 첼리스트 연주

낱말들이 한더위의 전기 자장에 물들어 팝콘처럼 튀어 내리는 가을 들녘을 가로지르는 소리 없는 바람. 오욕에 빌어먹을 욕망이 휩쓸어간 텅 빈 벌판 눈꺼풀이 치켜 올라가고, 살갗 찢어진 처절한 서녘 붉스레한 황혼은 금방 어둠만 남겨놓는다.

고결한 생각과 높은 집중력으로 몰아붙인 압력. 치솟은 심장 놀란 눈알이 튀어나온 안구에 고인 핏물이 풍요로운 페티시즘 풍경으로 바람은 소란스러이 되돌아온다. 어둠으로 가라앉은 들판은 안타까운 꿈을 꾸고 있다. 내일 동녘에 햇살이 낱말들의 길목을 틔울 때까지

풍경

숲속 풀섶에 속옷을 내리고
몸을 웅크리고
오줌을 싸다가
일어나 팬티를 입고
치마를 올리고
오던 길로 되돌아가는
한 여자

나뭇가지에 매달렸던
오그라든 잎이 가볍게 하강한다
언어가 부재한 공간에 형형한
눈빛이 나무 사이 비춰는 햇살과
맞선 눈썹이 가늘게 떨리는
그 여자

숲 어귀에 고요하게 잠든 듯 시간이 멈춘 카페로 들어선다.
모든 정경들이 햇살 속으로 사라진다.
부유하는 먼지로 화한 사물과 인식은 손가락에 묻은 찌렁내.
타오르는 장작불 이글거리는 붉은 빛만 남았다.

개화보 카렌더

전직 대통령 개화보 찍어 일확천금하고 사료값 많이 드는 풍산견 내쫓고 그 눔 사랑하던 과부견 상사병 치료제로 과당 홍시 듬뿍 먹여 죽게 한 삶은 우두. 스토리텔링 A4용지로 인쇄 발매 노벨 평화상 후보에 오르기 위해 머니가 더 필요할 듯 동물보호보담 인간보호가 위선이라. 백두 혈통 풍산견은 기록물도 아닌데도 기록물 취급하는 거 보니 뇌에 엄청난 녹음 칩이 들었나 본데. 강제 이혼 상사병 치료비가 일천만원이라 그 빚은 누가 갚니?

나목

고독이 빚어주는 언어에
빛을 입힌 나목
그 가지 끝에는
사람들 여럿
거꾸로 매달렸다.
코뮌으로 이어진 하늘의 별빛
별처럼 빛나는
엘리트들의 불연속,
그 하늘에 뜬 별들의 경계는
늘 위험이 도사리고 있다.
난해함과 복잡함이
단순한 시장판 생선장사보다
더 불순함이
은폐되었을 뿐.
멀리서 보면 가지들이 손을
잡고 거꾸로 서 있는 것처럼
보일 뿐이다.
겹쳐진 공간의 깊이
그 사이 헐벗은
나무가 서 있다.

저녁 무렵

환한 대낮 동안엔
바깥사람들 만나느라 창문을
활짝 열어 놓았더니
눈살 같은 햇볕이 소복하게
흩어져 있다 .
어둠이 별들을 데리고
달려드니
내 가슴에 숨어 있던
숱한 인연들이
찾아든다.
시린 겨울 저녁 무렵
시락국 멸치국물 쫄리는
냄샐 맡고
30년 전에 돌아가신
어머니가 오디 같은 젖가슴을
디밀며
겨울밤은 짧단다.
흰 눈 녹듯 퍼뜩 지나가니
아침 찬이슬 맞고 찾아올
까치소릴 기다리란다.

일몰

매일 찾아오는 일몰이지만
날마다 네 이마를 물들이는
황혼녘 하늘은
시시각각 다르다.

날마다 초록빛 별
어둠 속으로 흩어 뿌려
붉게 물들인 천강

어둠 위에 또 포개지는 어둠
눈이 오듯
풀어놓는 한낮의 오열

눈물이 황혼빛으로
목 메인 소리
고요함으로 바뀌는
날마다의 축제

정박한 배들

항구에 정박한
오랏으로 엮여 오와 열을
지어 손을 잡고
밀려올 태풍 거친 파도를
잠재우기 위해 삐걱이며
털컥거리는 외마디 소리
바다 하늘 솟아오른
갈매기들이 벗겨놓은
푸른 파도의 속살

홀로 떠내려가거나 부서지지
않기 위해
온몸을 서로에게 맡긴
운명의 손길
앙칼진 외마디 소릴 가끔
내지르지만

산더미 같은 해일의 파도를
다스리는 힘

혼자인 외로움이
얼기설기 엮어낸
정박한 배들의 외침

존재의 풍경

이 세상 그 어떤 장소도
시간의 기억 속에 남은
풍경일 뿐.

빛의 합성인 물상
흐릿한 자취를 언어로 놓은
디딤돌
시간 흐름에 따라 변하는
빛의 강도
그 다양한 풍광을 진실이라고
믿어 왔을 뿐.

신뢰할 수 있는 유일한
나의 눈
또한 시간의 높낮이에 따른
기울기 한 가닥의 빛이
주변을 모두 흡수하고 있다.

비에 젖는 봄의 언어

날파리 가늘게 떠는
날개 소음만큼
가볍고 변덕스러운
시적 은유의 언어
민들레 씨방 분주하게 하늘에
떠다니는 늦은 봄하늘

하늘 가득 채운
봄비가 쓸어가는 생명들
키키의 닳은 모서리
매끈해진 부바가
부지런히 봄하늘에
부드럽게 빗자루질한다.
시앵과 페로 그리고 훈트
소바카와 안징이
함께 합창으로 짖는다.

봄에 피는 눈물꽃

지나온 시간이 도돌도돌 더듬어지는
명자나무가 토혈한
석양에 길게 뻗은 그림자
비록 흐릿해졌지만 꽃잎
틈새마다 끼워져 있는
노란 꽃가루 흩어진
서쪽 저녁노을

기적소리가 배여 있는
검은 연기처럼 흩어져
이젠 다시 되돌아올 수 없는
붉게 물든 마루 끝에 누웠다
기뻤던 일보다 울컥 치받는
이별한 사람들의 기억이
오늘 유난히 또렷하다

화려한 기억이 피워낸
눈물꽃이 어둠과 몸을 섞는다

북으로 읍루, 동남으로 창오와 창해

검은 눈을 가진 역사학자들이 광개토대왕비 해독에 몰려 있는 동안 250여 년 뒤에 세워진 신라 문무대왕비가 조각조각 부서진 이유에 대해 아무도 관심 기울일 이유가 없었겠지. 신라통일의 창업주 문무대왕비석이 거란 침입으로 혹은 양란의 난중에 깨어졌는지 누가 왜 파편으로 없앴을까?

통일신라의 강역 기록이 부서진 파편에 또렷하게 남아 있음에도 고구려역사를 부정하고 일본의 임나일본부설을 뒤엎는 기록 알고도 못 본 체하는 검은 망토를 걸친 유령 같은 고대사 역사학자들. 문무대왕비가 깨어진 이유의 잔적이 남아 있는지 그 누가 알았을까? 통일신라 강역의 북으로 읍루(挹婁)가 동으로는 창오(蒼塿)의 푸른 파도가 남으로는 창해(蒼海)의 바다에 임해 있다고 기록하고 있다.

통일신라 당시 북에는 발해가 아닌 활 잘 쏘는 여진 무리 일족인 읍루족이 포진되어 있었으니 구토 고구려의 종족이 어떤 계였는지 그 후 야인여진이 번성했던 목단강 유역에 세워진 발해의 건국 주역이 누군지 짐작하리라. 고구려에 이은 발해가 만주 벌판을 깔고 앉았던 주역이라면 만주어 속에 한국어의 흔적이 왜 그렇게도 찾기 어려운지? 허위와 상상이 낳은 남루하고 검은 역사의 옷을 언제쯤 벗어낼 수 있을까?

일요일 아침

가벼운 빛깔
빠른 색깔
초록빛 순이 길을
열어 놓은 여럿 목을
함께 내밀어
아침 태양빛이 떠오르기 전
새벽을
우리는 다 각자
청춘의 한 페이지야

3부 오피러스 마녀들

디오니소스의 축제

노동은 소비를 통해 물화를 증대시키는 사유재산. 태양 아래 땀 흘린 육체의 힘을 환전한 후 동곡 칼국수 그릇에 밀려드는 익은 밀 냄새가 기쁨이다. 내 몸의 해방을 위한 숨구멍이 모두 열렸다. 시원한 바람 다시 인간을 생산하기 위한 뮤즈, 젖을 애무하는 소비되지 않는 신음하는 목소리, 낯선 살이 풍기는 땀 냄새가 권력구조다. 충동이 금이 가고 고뇌가 의식이 되고 조사된 관계 에로티시즘, 금기의 건너편에 있는 육체에는 경찰이 요구하는 신분증이다. 금기를 위반하는 생식의 불연속성을 깨기 위한 죽음의 영속성 또한 모순 향연의 제전에 발가벗고 꿈틀거리며 쏟아내는 신음소리는 디오니소스의 축제다.

하늘로 달려가는 나팔꽃

저지대 마을에 사는 사람들
그들을 둘러친 울타리는 높지 않아
옆집 사람들 심장박동 소리까지
듣는다.
경기 안성 직물공장에 일하러 갔던
얽음배기 둘째딸이 가져온
종이가방에 담긴 선물이 뭣인지
그 다음날에는 온 동네가
다 알게 된다.
아침이면 그들의 가슴에 담긴
정신의 높이는
저 햇살 눈부신 하늘 끝으로 달려간다.
비록 가난하지만
가슴속에 들어 있는 뜨거운 사랑
사과상자에 심은 나팔꽃 대궁처럼
한없이 높기만 하다.
한 마을 가득 차오르는 봄꽃
다 진 푸른 녹색 마을
오늘 낯선 새 한 마리
두리번거리며 담장에 앉았다.

저지대 사람들은
울기도 잘 울지만 웃기도 잘 웃는다.
산만한 새처럼
하는 높이 치켜든 나팔꽃 대궁은
작은 바람에도 흔들린다.

장례행렬

관을 들었다
죽은 자의 몸무게를
산 사람 여섯 명이 나누었다.
바람이 불고 담배연기는 빨리 사라졌다.
졸업을 한 뒤 장례식장에서 처음 만나는 친구도 있었다.

사랑도 섹스도 간신히 쌓아올린
레고 하나에 하나를 더 보태는
아슬아슬한 황홀이었다.
술을 마시고 노래를 부르는 동안

살아온 날과 살아갈 날이 저절로 쪼개져
나누어졌다.
남은 반쪽은 나에게 있는지
그마저도 내 것이 아닌지 궁금해졌다.

떨어지는 칼날이 발등을 찍었다
구름은 마침 엉겨서 비를 뿌리고
좀 퇴폐적으로 살고 싶었지만
늙어 죽은 자의 몸무게를 가늠해보면

마음이 무거웠다.

누군가에게 편지를 쓴 지 참 오래되었다.
나는 화장장에 검은 연기로 흩어지는
발자국을 멀리 따라갔다
변하지 않는 것은 변하지 않는 것이 없다는
명제 하나로 귀결될 때
마음이 시렸다.

마스크를 벗고 잠시 그녀를 바라보았다.
시계는 오른쪽으로 돌며
많은 것을 뒤틀어 놓았다.
검은 새가 천천히 가라앉을 때,
의사인 친구가 우울증을 앓았다.
한때 아내가 되었으면 했던 여자가
수저를 내밀었다.
하얀 유골로 만든 수제비국

나는 따뜻한 물에 몸을 담그고 싶었고
집으로 가고 싶다는 마음이 간절했다.

그 집으로 가는 길을 잘 모르지만
마감 뉴스가 나오고
보일러가 따뜻하게 돌아가는,

혼자 쓴 술을 따르고
담요를 머리끝까지 덮고 싶었다.
나의 관도 불 속으로 넣을 땐
누군가 나누어 들었으면 좋겠다.
죽은 내 몸을 무겁게 하고 싶지 않았다.

붉은 낙엽 위로 분필 가루 같은
눈이 내렸다.
산다는 게 너무 가벼워
엷은 미소가 지어졌다.

이런 모순을 반복하는 동안
자꾸 몸무게가 늘었다.

요정의 서정

덯이 처진 민주라는 요정은 모든 것을 녹여 흡수하는 원초적 아메바이다. 산화된 무쇠조각을 쓸어간 자유의 덯은 녹슨 철조망으로 바뀌었다. 경찰 유치장 철창에 깨알처럼 박혀 있는 섬뜩한 법조문의 옷을 입은 새의 날개의 무늬, 한 번만 깃을 부딪쳐도 연좌의 주홍글씨로 구금되는 자유민주주의의 지팡이는 소름 끼치는 억압을 삐라로 만들어 뿌린다. 흰 눈이 내린다.

오피러스 마녀들

그는 정원사가 되고 싶어했다.
머리 세 가닥 난 뱀이 휘감은 나뭇가지 녹색
쿠프릭 그린이 잉태한 죽음
페르세우스의 청동 방패에 비친
만행을 저지른 저 건너 잎새 사이로
흔들리는 아테네 여신의 저주
저주는 녹색이다.

불만과 분열의 흰 술로 빚어진
오피러스 마녀들 낯빛은 늘 붉스레
볼살이 올라 탱글탱글하다.
잎을 한 장씩 싹뚝싹뚝 잘라낸
자리에 속아오르는 흰빛 핏줄기

사람들의 붉은 사랑이 열매로
더 자라지 못하도록
우글거리는 뱀들이 변장한
녹색 나뭇잎, 무성해진 숲
비로소 어두운 숲의 정원사가 되었다.
길게 뻗은 나뭇가지에

휘감긴 머리가 셋인 뱀이
머리 꼿꼿하게 쳐들고 있다.
미명의 문명은 펄펄 끓어오르는
선짓국 국솥이다.
이 대지와 하늘은
뱀을 내쫓는 농약 한 봉지를 뿌린
붉스레한 황혼이 실낱같은 달빛에
금방 어둠으로 침몰한다.
정원사는 방향과 가야 할 길
놓아버리자 하늘에 불 밝힌
별들이 쏟아졌다.

응시

상처투성이 사람들의 가난한 영혼을 껴안고 위로하고 달래줄 슬픈 폭우가 내린다. 폭우로 인한 섬에 갇힌 우리들을 위한 기도가 매정한 인간관계를 빗줄기처럼 풀어주기를 염원한다.

이동이 잦았던 내 문학의 전세살이, 문학이 사회를 염탐하고 그리스 신화와 카를로스 융의 심리 이론에 올라타 꾸민 난해한 언어들, 화염병을 들었던 시인은 정치가가 되고 가난한 노동자를 선동하던 행동주의 소설가는 종속주사파가 되어 위대한 주체민족 역사가가 되어 반일반미로 입벌이하는 심술궂은 한때 바람이다.

아! 떠나자 동해 바다로 삼등삼등 완행열차 기차를 타고 응시하던 침묵하던 실패한 시인은 원형의 바다로 떠났다. 푸른색 바다물결은 흰포말에 안겨 끝없이 구르며 단 한순간도 분리되지 않는 푸른색과 흰색의 격동이다. 신화 같은 삼양라면 스프맛에 변해 버린 나의 청춘, 몸으로 환전하는 별들의 고향 경아, 그리운 경안들 왜 순정마저 없었으리오? 정들면 타향이 고향이듯 머무르고 싶었던 타향의 물정과 사람, 순간적으로 상실한 처녀성과 파탄 난 청춘이 그립다.

터널을 지나 도착한 첫 온천마을 가와바다야스나리가 쓴 설국
으로 달리는 기차는 뿜어낸 온천 수증기 속에서 멈추었다. 여름
이 눈 오는 겨울로 바뀌었다.

길 위에 서 있는 풍경
－우크라이나 전쟁

공포는 이미 일상 내면에 있다
바람과 햇볕이 달아오를수록
더 짙어지는 색상의 폭탄 세례
혼돈의 거대한 도시 회색 건물도 창문도
일그러져 깨진 욕망을 모자이크하며
숨을 쉰다.

바람에 섞인 살아온 우리들 몸무게
짙게 썩어가는 냄새에 굴절하는
가느다란 온도의 트랙을
디자인하면 붉어진다.
존재하기 위한 각진 두 모서리는
죽음이라는 이름으로 뿌리는 핏줄기

서녘 길로 갈 길 옮기면
아주 작아 보이는 등 돌리고 쓰러진
긴 여인의 머리카락 올 사이
지난 밤 동안 품고 있던 살려고
용을 섰던 욕망이
복잡하게 꿈틀거린다.

바람이 내놓은 도심의 길거리
하늘 높이 쌓여간다.

붉게 녹슬거나 뒤틀린 차들만 달리는
낡은 방향은
오직 한 가지 뒤엉키지 않는
죽음으로 향한 질서는 서풍이 몰아온
영생의 곳간일까?
다가서면 더 멀어지는
허상의 찌꺼기

더 걱정할 게 없다 폭음과 화약이
비 뿌리듯 흩어지는 이 도시에는
인간이 그려 쌓아온
이성과 존재 철학은
아무짝에도 쓸모없는 낡고 쭈그러진
인간 살을 저민 깡통 통조림
흩어진 길 위의 풍경일 뿐
번쩍거리는 불빛보다 조금 더 늦은
공포의 폭발음이 퍼뜨리는

간고등어 썩는 역겨운

인류사의 냄새

피에 엉켜져 벗겨진 두피

그 사이로 난 길 위에 말라붙었다.

백지

일기장 낱 갈피 넘기면 고통이 땟자국처럼 번지지 않은 빈 공간이 없다. 행여 선한 희망의 틈새에 낀 기쁨의 빵부스러기 한 꼽도 없다.

덧없는 사람들 사이에 끼어든 이 무정의 세월은 너무도 현실적이어서 한 페이지 한 페이지 피 범벅된 사건 현장일 뿐이다. 단 하루도 빠짐없는 사회면 검은 활자로 디자인된 그냥 일상이다. 이 나라 역사의 비루함을 낱낱이 들춰 보이는 현재로 이어온 과거의 기록에서 서성거리던 이들은 모두 증발되었다. 어느새 생존의 그 휘발성의 농밀해진다.

일상의 색상이 언제부터 노화된 안구에 희미하게 번지는 이 회색빛, 어쩔 수 없는 노년 남성의 몸에서 배어나오는 퀴퀴한 냄새가 난다.

어느 누구의 도움 없이 팍팍한 오늘을 혼자서 감당해야 하는 이 멈추지 않은 일기의 끝이 어디일까?

하바네라 곡에 출렁이는

체르노빌로 가는
들판을 뒤덮은 초록 바다
붉은 꽃잎치마 술렁이고
해골이 머리를 맞댄 영혼들이 몰려나와 하바네라 곡에 출렁이
는 붉은 치맛자락
양귀비꽃 바다의 물결 사이로 밀어 닥치는 열폭풍
잿빛 인골 가루
굴뚝 머리를 풀어헤치고
적막한 물가 흘러가는 강물엔 태양의 반짝이는 눈썹이 일어서
려고 한다.
목이 유난히 긴 백로는 왼발을 들고
머리는 뒤돌아본다.
눈가에 붉은 햇무리가
보석처럼 출렁이며 흐른다.
유월이 오면
낙동강 저무는 서녘
저녁노을 빛이 더욱 붉어진다.
바람도 더욱 빨리
바람길을 내며 치달아간다.
강물의 잔노을을 타고

바람에 뒤섞인 비릿한 피냄새
하늘을 진동하고
쿵쾅거리는 마른천둥
갈라지는 번갯불
사이로 번지는 화약냄새
간고등어 썩는 살냄새 진동을 한다.
등이 서늘해지는
전쟁바람 몰아친다.

유니워

낡은 사랑, 신앙, 예술
사건을 멈추게 했던 한때의 추억
희열과 본능의 나신으로
약물과 돈으로 꾸민 신체 파티
숨 고르는 사이
신과 이미지의 역사에
별들의 연대기로부터
인간은 비켜섰다
염원은 붉게 끓는
선짓국 열기의 화약고로
실어 나르는 미사일은
평행선으로 나른다
문명과 종족의 성스러움이
쓸쓸한 바다와 하늘을
가른다

민족서사극

'사랑한다'라는 글자를 더듬어보면 평평하지 않다. 더 예민한 감촉으로는 더 독 오른 분노와 증오가 봉그랗게 만져진다. 원하는 게 클수록 더 거칠고 바라는 게 더 많을수록 곧 터질 것같이 흥분된다. 용산으로 옮길 때 평민처럼 빵가게에도 가고 싶었지만 관객이 허락하지 않았다. 사랑하기 때문에 더 부풀어오른 기대는 가려진 포장지 속에 가지런하게 담긴 맛나고 보기 좋은 빵 속에 치솟는 분노의 생크림을 듬뿍 발라서 배달되기를 기대하는 예민한 욕망의 이슬이다. 오늘부터 독 오른 분노와 증오를 버리기 위해 빵 봉지를 길가 휴지통에 처넣기로 하였다. 돌아선 앞길은 두 가닥으로 갈라진 길 위에 서로 다른 시간으로 움직이는 사람들이 차츰 늘어났다.

박두을 할머니 우물

우물을 들여다보는 내 손자의 등을 보니
가슴이 여려옵니다.
하늘의 구름이 가라앉은 청청 맑은 샘물의 시간
먼 옛날 박두을 할머니가 어렸을 때처럼
집안 우물을 들여다보았겠지요.
구름 따라 세월이 가고
그 우물은 변함없이 푸른 하늘의 흐르는 구름을 안고 그 자리
에 지난 미래와 오는 과거 모두를 껴안고 있네요.
그 곁에 붉은 앵두나무 한 그루 심었는데
내년 봄 비 오는 날 붉게 익은 앵두색 댕기머리띠를 한 어린
소녀가 구름타고 찾아오겠지요.
머리로 부딪치고 울기는 몸으로 우네요.

기하학적 문양

고요한 바람결에 머리를 부딪치는 숱한 것도 모두 몸의 언어로 살아 있음을 노래한다. 바람은 머리로 부딪치는데 몸은 노래하다 지치면 팽팽한 고무줄 같은 긴장을 놓아버린다. 핑글 돌아오르는 눈물에 비치며 일그러지는 기학학적 문양인 물상들, 다만 바람과 나와의 공간을 휘젓고 다니는 공기의 뜨거운 전율이 푸른 창공을 차고 오른다. 그렇게 해서 또 내일이 미래에서 과거로 겹쳐진다.

균열하는 언어의 섬

　시인들이 직조한 언어로 단 한 벌의 치마라도 만들 수 있다면 시인들이 뱉은 분열적인 수사로 단 한 잔의 따뜻한 짙은 커피라도 내릴 수 있다면 시인들이 사색하는 침묵의 언어로 고독한 섬과 소외된 섬들이 점점이 이어질 수 있다면 암울과 공포도 두렵지 않은 일상의 풍경이 균열되는 세상의 틈 사이 시인의 따뜻한 언어의 손끝으로 그 빈칸을 메울 수 있다면 시인이 가늠할 수 없는 핵전쟁 위협의 난간에서 분단 조국 이념의 창살을 누가 부숴낼 수 있을까?

남루한 지식

흐릿한 그녀의 비명소리가
바닷속 모래알 구르는
녹색의 보색으로 흩어지고 있다.
바닷가 소나무
가지 끝에 매달린
그녀의 가슴이 바람에
펄펄 휘날린다.

싱싱한 언어의 솟대에
매달고 바람에
펄럭이며
푸른 물을 쏟아내는
낯선 타향에서

먼저 간
바람을 호명하고 있다.

어떤 여인

메르세우스 방패는 습기가 가득 차서 앞이 보이지 않고 그 뒤편에 머리가 여섯인 메듀사 뱀대가리가 나뭇가지처럼 흔들리며 바람의 속도 검은 바다에 타고 올라섰다. 구비치는 치맛자락 어깨끈이 풀어져 나부끼는 뱀대가리의 율동

이소

산비둘기 하늘 높이 날아오르고 백일홍은 한마당 피어났네. 한여름 널 아끼고 사랑한 이상으로 긴 노동의 고달픔 참을 만큼 아름다운 꽃 피었네.

쏟아지는 장마, 머리 위 붉은 핏빛 꽃이 작은 꽃밭 가득 메우고 빗물을 온몸으로 받아드리고 있다. 번지지 않는 빗물 머금은 꽃빛이 네 모습 같아.

먼 산 수꿩 울음이 빗발 사이로 무지개처럼 퍼질 때 수줍음 많은 새끼 돼지도 꿀꿀 합창을 하네.

꽃이 폈던 자리

오래 추웠던 겨울
소리 없는 바람과 만났다
흔적 없이 사라지는 꽃들
잠시 봄이 되었다가
여름 오기 전
이미 사라진 꽃들
그리 오래되지 않은 기억일 뿐
잠깐의 기약이었다가
머물러 있음을 거부하는
의미 없는 저항이었을까?
끝없는 시간의 강물은
머뭇거리지 않고 밀려오는
자연이 지키는
시간의 바다

헤르메스의 문장

아직 문자로 탈속하지 못한
부유하는 존재들
찢겨진 혼돈
겨우 남은 남루한 문장의 배 위에
올라타 흐르면서 다가온
감응의 살갗에 돋아 오르는
소름 같은 어둠의 비명
형체를 밝히는 달빛
천개의 강물 위로 떠오른
마법의 은유와
불편한 문법을 피해
유령이 자라고 있다.

산당화

어찌 저토록 붉을까
봄의 전령 노란 수술
온몸으로 껴안은
붉게 타오른 절제된 정념

네 이름은 명자,
일제강점기 기모노에 곱게 물들인 하나 아키코
네 진짜 조선 이름은
산 속 외로운 집 홀로 지키며 피는 꽃
산당화였네.

훅훅 달아오르는 5월의 열기
도톰한 너의 입술이
검붉도록 달아올라
살짝 부는 바람에
지는 꽃이더라도

깊은 산 속 외로움을 비틀치는
외마디
요염한 사랑의 정화

핏빛 물든 뻐꾹새 울음만
번지는 고요한 외로움

순결

땅바닥에 철퍼덕 떨어진 동백꽃
농익어 땅바닥에 머릴 처박은 홍시
모두 가열차게 치열한 붉은색 순정이다
나는 언제 저토록 아프게 곤두박질쳐 본 적 있는가?
되돌아갈 길, 영원히 잃은

아련한 순결이다

달콤하든 황홀했든 제 목적에 닿지 못한 애달픈 사랑이다
나는 언제 저토록 애달픈 사랑을 해 본 적 있는가?
너도 또 나도 언젠가 땅바닥에
내동댕이치듯 떨어지는

한 잎의 붉은 동백꽃

눈물

남기지 못한 한 마디
가슴에 안고
울며 떠나도 좋을 이가 있다면
그는 바로 주님
황금빛 종소리 맨끝자락
실거미 같은 흔적 지우며
기도 올리는 가냘픈

마리아여

오늘 아침에도 다시
창살을 스쳐내려 앉는
햇살의 천사여
저 골목에 흩어지는
절규하는 메아리를 구원하소서
왜, 아프다고
말했을까?

당신에게 귀를 기울여야 할 가을이다

작곡 중인 새떼들, 오선지에 자리를 옮겨가면서 새로운 곡으로 희망의 노래를 부르는 새들의 상쾌한 아침, 무심코 차창을 통해 바라보니 전신줄에서 푸른 노래가 쏟아져 내린다. 정치적 대척을 다중 무리로 몰아넣는 종속좌파들의 무리한 선동적 언어와 프로파간다들의 낯선 행동들이 빚어내는 갈등과 불협화음 대신 저 하늘의 오선지를 바라보라.

4부 프네우마(Pneuma) 시편

프네우마(Pneuma) 시편

1.
세상의 크기와 같은
떠다니는 바람의 하늘
사물이 부식하고 닳은
분해될 모서리들이 눈에 보이지 않게
부유하는 시간의 무중력
그 속박에서 벗어난
아이유

만지고 싶어도 만질 수 없는
천상 우주 가득 메운
무채색 진공
유채색 나의 사유와
연결되는 창살로 투과된 햇살
떠다니는 먼지
그 뒤에 감춘 행적과 고통
베를린 천사의 시에는
공간을 색으로 채워
무언가 행하라
누군가 사랑하라

무언가 희망하라

임마뉴엘 칸트가
바람 속에 커피색으로 번지다가 사라졌다.

2.
공기의 이동은
시간과
중력 바깥에 거주하는
나의 넋과 나의 심장 박동과
전혀 별개로
시상을 떠도는 떠돌이별을
내 이마에 이고 있다.

명멸하는 별빛 깊숙이
손을 넣어 주무르고 싶다.
그 둥근 몸을
닳지 않은 붉은 입술의 감촉처럼
신체의 신경계가 감응하는
정교하고 짧은 시간의

형성 과정을 알고 싶어도
알 수 없게 되어 있다.
손에 와 닿는 놀라운 전율
한 번도 보지 못한
어둠이 뛰쳐나오는 바람
긴 시간과 대치된 사물의 꼴을
미립자 감촉으로 어루만져 온
좁은 빈방 가득
바람이 차오른다.

3.
바람은 내 골육과
눈물 안으로 스며들어
때로는 검붉은 핏빛으로
누렇게 굳어가는 가래침으로
순정을 우려 짠 눈물로
잠시 머물렀다 증발하여
바람에 몸을 섞는다.
몸이 부패하는 부피보다 훨씬
줄어든 여행용 진공 백에 담긴다.

영혼의 소리는 드르륵

YKK 지퍼 여는

소리 틈 사이로 의식이 잠깐

머리를 내밀고

무수한 망막에 착달하는

사물의 이전과 이후의 미혹한

화학성분을 분해한다.

존재는 자꾸 부식하여 바람에

섞여 날아다닌다.

오늘밤

나의 영성과 몸을 잘라먹는

우로보로스*가 되는 횡설수설

녹색 짐승이 된다.

바람 속에만 존속하는

인간이 축성해 온 사물을 갉아먹는다.

*Uroborus: 꼬리를 삼키는 자, 뱀 또는 용이 자신의 꼬리를 물고 삼키는 모양으
로 무한대를 의미하기도 함.

4.
세상을 들여다보는
내 눈동자에 나날의 허무한
어둠 외에는
아무 것도 만져지지 않는다.
바람은 다만 존재하지 않는 것을
드러내지 못할 뿐
드러내는 방법도 모른다.
내 눈동자 속에 부는 바람은
멈추어 있지만
용케도 속눈썹은 미묘한
기류의 흐름에 무척 민감하다.
어리석은 나의 시각을
교정해주는 신호기이다.

5.
눈 대신 귀가 바람의 노래를
전해주기도 한다.
그녀의 혀가 귓바퀴에
닿이면 눈동자보다 재빨리

반응하는 목소리의 신호음이 울린다.
영혼은 죄책감을 늘 거느리고
다녀서 외려 거슬릴 때가 많다.

6.
눈이 참 어리석다.
이 땅에 내린 적설량과 강수량을
눈으로 헤아려내지만
잠자리 날갯짓에서 번지는
파동과 내 폐 속의 얼룩은
엑스레이를 거쳐 읽어낸다.
지난 시간 내 귀를 애무하던
여자의 지워진 잔상을
바람의 파동으로는 판독하지 못한다.
없는 세계를 보게 할 수 있는
활성화된 시제와 공간 속
정물화 같은 소나무 녹색 바늘이
존재의 눈금이다.

7.

대기 속에 자발적으로 움직이던
생명들이 아무도 모르게
명멸하고 무색의 부유물이
이리저리 몰려
새로운 생명을 잉태하는
흐르는 물에 미끈거리는 촉감의 웅덩이
갯지렁이의 씨방이 민들레와
함께 날아와 몸을 담근다.
측정할 수 없는
질량의 무게의 중력

8.

함께 잘 사는 세상을 파는
시인들처럼 거짓말 잘하는
사물들
그런데도 서울역 노숙자들이
단 한 명도 줄어들었다는
말은 들어보지 못했다.
금속노조 철도노조

오방색 깃발 나부끼며 거리를 메운
시위대가 벌레같이 꿈틀거리며
왕왕 소리가 사물 위에 올라탄다.
시청 앞 녹색광장 분수처럼
허공으로 치솟아 오른다.
어디서 똥통이 터진 건가
황홀하고 진귀한 언어를
뿜어내는 허공에
시인들처럼 거짓으로 뽑아낸
돈다발 시 속에 박아 넣으면
진주가 된다.
가도 가도 끝없는 밤바다여
이제 나를 더 이상
붉게 물들이지 마라.
너무 뻔한 은유로 꾸며낸
시와 돈은 경멸한다.

9.
우주를 떠도는 숱한 섬
섬들이 차츰 다가와서

126

육지까지 이어지면 외로움도 빗겨날까?
가난하던 노동자들이 차지한
고향은 자꾸 외딴 섬이 된다.
인구 비례와 관계없이
장애인 주차 구역은
나에겐 빈 섬이다.
뒤엉킨 자동차 고기들이 숨어버린
용궁에 허리가 꼬부라져
바로 펴지 못하는 할머니
기초생활연금 수령하러
끝이 보이지 않는
줄 끄트머리에 서 있다.
요양원 침상에 누워 둥둥둥 부유하다.
공유초지의 슬픈 노래가
잔잔히 퍼진다.

10.
이 땅의 집값 땅값 비싸거든
저 허공에 집을 지어라.
그곳은 비좁지 않게

하루 종일 달려가도 끝이 없는
네모상자 아닌
녹색 뱀이 엉겨 있는 수목 사이
휘파람 불며
별들 불러 모아
뮤즈의 반딧불이 불 밝히며
아침저녁 하늘 바람과 함께
수목 널판에 내 몸에 꼭 맞게
누울 수 있는 집안에 있는 또 다른
집이 겹겹이 들어차 있는
눈이 푸른 여인은 아무나
들어와 거주할 수 있는
집을 지어라.

11.
붉고 푸른 오방색 물거품이
무녀의 옷자락에
얼룩처럼 내려앉을 무렵
발비 흩어지는 바다는
더욱 세차진다.

파도에 휩쓸린 여인의 흰 손가락
벌벌 떠는 원혼의 외침
바다는 또 다른
한 생명을 잉태한다.
아! 떠나자 동해 바다로

12.
시간이 먹물을 머금고 한 벽면을 지키다
한 해가 지나면 거두어진다.
약속과 생일 누구집 잔치 일자
소소한 일상의 기록이
날짜 빈 공간을 헤집고
허술한 기억의 흔적으로
삐뚤빼뚤한 배추 고랑처럼
격식체로 인쇄된 날짜의 숲을
파헤치고 길을 내고 있다.
올 새해에는 그 넘쳐나던
달력 한 장 보내오는 곳 없어
지난해 12월 달력
가는 시간을 붙잡고

빈 난간 같은 거실벽에 걸려 있다.
오도 가도 못하는 시간의 경계를
놓지 못하는
약간 녹이 슨 못에 몸의 중심을 맡겨두고 있다.
열광했던 지난 해 기억도 잠시뿐

해가 바뀌지 않은 새해는
휴대폰 카렌더에서는 분초를
기다려주지 않고
인쇄된 달력의 멋진 명화보다
블랙핑크의 춤추는 손끝 따라
멈추지 않는 세월
추월하는 기억보다 아름다운

13.
디지털 위로 흘러가는 언어 풍경
바람의 비밀을 알지 못한다.
고통을 침묵으로 건너보지 못한 이들,
발효의 시간을 기다림조차 잊고
바람처럼 지내온 그대,

통하는 문이 없는 내면에 감금된
두려움조차 모르는
오만된 권좌에 오른 그대는
바람의 비밀을 알지 못한다.
위태롭다.

인생은 절대로 속일 수 없는
숭고한 고백의 흰꽃이다.
아무리 보아도 너는
저 아스라하게 먼 길을 걷는
영원히 헤쳐나지 못하는
운명적인 술래이다.

그것이 아마도 숙명일 것이다.

곧 바람의 비밀스러운 문이 열릴 테다.
기억이 머잖아 퇴장하리라.

14.
바람은 유약한 듯 하지만

세월의 틈을 파고들어
모서리를 차츰차츰 깎아낸다.
눈에 띄지 않지만
어느 날 가슴 하나만큼
사라져버린 푸른 하늘

15.
　분주하게 들락거리던 그림자들이 얽어내는 서로 다른 무게의
기억을 문자의 오랏으로 엮어내고는 시라고 스스로 위안하면서
내지른 시인의 소리 그 빈자리에 새들은 이미 떠나고 없다.
　색색의 얇은 색종이 꽃잎 수술 바람에 흔들리도록 장식한 초
록빛 물결 속으로 사라진 깃털 같은 그 지난 시간의 부피가 차
츰 바람처럼 고요해질 무렵 저녁햇살 속으로 나는 발가벗고 들
판에 서 있다.
　텅 빈 둥지 주변 곳곳에 흩어져 날리는 깃털 그동안 들녘에 피
었다 사라진 이름 모를 꽃처럼 지워져 버린 가벼운 형상의 시간
들, 내 존재를 엮어온 기억의 언어와 외로움의 문자를 깨끗이 쓸
어낸 적막함과 손잡은 오래된 내사라진 기억.
　이별은 이처럼 늘 황당한 단절이고 소멸처럼 붉게 온몸에 번
지는 저녁놀에 비쳐오는 존재가 남겨 놓은 미명의 흔적일 뿐.

16.

잿빛에 빠진 야청빛의 하늘

삶의 평원은 일회적이다. 무한히 높고 깊은 산림 속에 어쩌
다 놓쳐버린 인연의 끈은 영원히 다시 만날 수 없다. 그 엇갈림
이 때로는 무척 안타깝다. 키리키스탄 원자핵융합 폐공장 앞 광
활하게 펼쳐진 꼬끌리꼬(coquellicot)의 양귀비꽃들을 회상하는
추억의 뇌진동파가 모네의 양귀비 들판으로 나의 상상을 이끌고
간다.

17.

집의 내면

하늘 높이 오르는 새는

자신을 하늘에 다 맡긴다.

입체적인 깊이를 잃어버린

눈부신 늪에 빠졌다.

무욕의 색상 그 원근법은

사물의 본질을

휘둘러 변질시킨 형식을

풀어 놓는다.

18.
줄어든다
희망은 높은 곳에 있다.
입체에서 해체된 평면만
내려다볼 수 있는
높은 곳에는 모든 것이
단면이기 때문에 평등하다.

한 단어씩 줄어들더니
통째로 한 문장이
기억에서 사라지는 아스라한 어둠
가끔 피가 솟구치듯 울컥울컥
쳐받는 통증
그 갈래길에서 잃어버린 지난날이
만나는 아무 것도 보이지 않는
어두운 미래가
흐린 저녁 오후
앞집 굴뚝에서 나즈막이 퍼지는 연기처럼
잿빛하늘과 손을 잡고 헤어진다
존재니 현상이니 옳고 그름을

재단하던 지난날들
하나씩 기억의 그 날의 나사가 이탈되니
단어도 문장도 시도
실핏줄 사이로 퍼지는 암덩어리에
그냥 녹아나는 무료와 아픔의 통증
이것이 잊혀지는 기억으로
내 몸에서 내가 하나씩 빠져나갈
무렵 하늘로 떠오르는 에드벌룬

인터뷰

고요의 시, 미학적 풍경

"인간이 가장 아름다운 미학적 존재이다. 인간이 가장 보배로운 미적 대상이며, 사랑이 듬뿍 담긴 최고 절정이 미학적 욕망의 대상이다. 일상의 삶 속에서 언어의 자의적인 본질을 이용한 사물의 본질을 찾으려는 창의적인 노력의 결과물이 문학작품이다. 인간 삶을 둘러싸고 있는 우주의 본질에 한걸음 다가서는 예술의 한 영역이 문학이다. 그래서 가치 있는 행위인 동시에 책임 또한 적지 않다."

○시집을 펼쳐보면 가령, '출렁이는 강물', '불타는 월인천강', '풍경', '존재의 풍경', '길 위에 서 있는 풍경' 등 시편에서 많은 풍경이 파노라마처럼 펼쳐져 있습니다. 풍경은 어떻게 심경이 되고 또 시가 되는지요?

　오랜 성찰을 통해 문학의 본질을 인간 삶 속에서 찾은 결과인데요, 고요함과 아늑하고 충만한 일상의 삶이 우연하게 주어지는 것이 아니라 스스로 오랜 시간 동안 만든 것이며, 그

공간에서 세상을 내다본 것은 모두 아름다운 풍경이었습니다. 자족과 안정감을 가진 상황에서 본 세상과 그렇지 못한 상황에서 바라본 풍경의 모습은 많이 다를 것입니다.

문학이라는 예술이 인간의 미학을 떠나 혁명이라는 이념적인 시각으로 바뀌는 순간 상실되어 버리고 욕망과 투쟁적인 불안정성만 남게 됩니다. 작가가 거친 세상을 조망할 수는 있는지 미학적 범주에서 독자에게 불안함이나 역겨운 패를 가르는 의도적인 조짐으로 지향한다면 예술 미학의 본질에서 벗어나는 것이겠지요.

○'온 마을 가득 찬 꽃향기', '수성못에 내려앉은 하늘', '텅 빈 주점 첼리스트 연주', '디오니소스의 축제', '응시', '백지', '민족서사극', '기하학적 문양' 등 산문 형태의 시가 곳곳에서 눈에 띕니다. 산문 형태의 시를 쓸 때와 이른바 시행을 나눈 일반적 형태의 시를 쓸 때, 작가의 의도 혹은 인식은 어떻게 다른지요?

본래 시 형식은 음악적 율려와 분리될 수 없습니다. 그 내재적인 율려에 따라 행(Line)과 연(Stanza)을 나누거나 동일한 운은 반복적으로 배열하지만 때로 서술적 심상의 메시지 전달 양이 많거나 급격해질 경우 운율성이 배제되는 시적 산문(Poem in Verse)으로 넘어가게 됩니다.

시의 내용뿐만 아니라 형식도 글쓰기의 시험적 대상이 되지만 이번 나의 시에서는 그런 시험이 아니라 메시지 전달 양이 많아지거나 심상이 레디컬하게 충돌하는 경우 행이나 연을 지운 결과입니다. 이번 시집에서 "." 마침표 부호를 긴장 혹은 멈춤이라는 시어의 형식으로 실험을 해 보았습니다.

○'발해사론', '천강 월인', '관음수월도', '문무대왕비' 등 국문학 혹은 한국사적 상상력이 돋보입니다. 이와 같은 고전적 발상을 시로 형상화한 시적 계기는 무엇이라고 할 수 있습니까? 동화사 설법전, 금정산 범어사, 동화사 화림당, 성산포 등 시적 자아의 발자취가 닿은 곳도 시의 표면에 뚜렷하게 드러납니다. 특정한 장소와 시인의 사유(思惟)는 어떤 연관성이 있는지요?

평소 한국사 특히 북방민족사에 많은 관심을 갖고 있습니다. 북방 중국과 남방 몽골이 서쪽에서는 융과 호로가 거대한 유목제국을 형성하여 서방으로는 알타이, 동방으로는 흑룡강 하류까지 이어지고 있습니다. 그런데 동북아시아 요동의 동쪽과 한반도의 북에 이르는 만주의 역사는 온통 윤색이 되어 있습니다. 다양한 유목민들과 농경정착민들 사이에 벌어지는 다양한 족속들이 벌여온 역사를 신화적으로나 문학적으로 재구성하려는 노력의 일환입니다. 특히 이 지역은 불교문화권입니다. 고대 샤머니즘이 꽃을 피우다 불교적 문화와 성리학적 유교문화권에서 유일하게 인간 중심의 세계로 가장 먼저 전환한 곳이 바로 이 한반도입니다. 세종이 창제한 한글, 훈민정음은 미학의 대상이 샤먼에서 석가모니로 다시 왕조에서 사람사람(人人)으로 바뀐 것입니다. 최근 K-컬처가 전 세계를 휩쓰는 이유가 기마민족에 뿌리를 둔 율려와 속도의 미학이 융합한 결과입니다.

그러한 인식의 바탕 위에서 샤먼과 불교 그리고 인간에 대한 미학적 시각의 변화와 함께 도달한 미학의 종점인 셈입니다.

지극히 불완전한 인간을 좀 더 가다듬기 위해 불사를 찾아 고요한 절 마당에 아주 낮게 엎드리는 시인의 마음 가다듬기를 한 노력의 일부입니다. 사찰은 내 존재의 현상입니다.

○또 하나 이번 시집에서 외면할 수 없는 것은 인물에 관한 시적 형상화라고 할 수 있습니다. 이를 테면, 양지다방 여주인, 이둥섭, 화가 김수영, 맏손녀, 어느 원로 시인, 박두을 할머니, 김선이 농업 샘 등 시적 자아와 연관이 깊은 것 같습니다. 이 시에 등장하는 인물들에 대해 시 밖에 더 하고 싶은 후일담이 있다면 말씀해주십시오.

최근 프랑스의 푸코의 일상의 미학에 귀를 기울이고 있습니다. 언어와 사물과의 영원한 불입(不立)을 깨뜨려보려는 무모한 예술이 문학이겠지요. 그런데 왜 우리 고유의 미학에 대한 다양한 성찰이 없을까? 최순우 선생이 배흘림기둥에 서서 한국건축의 미학을 앙곡선이나 허리곡선의 선적 미학, 강우방의 문양이나 조각의 세계적인 미학적 언어라고 규정한 것이라든지 이어령의 흙과 바람의 뿌리미학에 대한 성찰이 없었던 것은 아니지만 최근 통합적으로 한국의 미학 원리를 찾아내는 일이 매우 중요하다고 판단하고 이를 위한 노력을 기울이고 있습니다.

사람 중심의 미학, 사람의 삶의 예술 미학이라는 이름으로 내가 사랑했던 숱한 사람들에 대한 스케치의 결과물입니다. 계급과 계층을 뛰어넘은 선하고 착한 많은 사람들을 그려내고 싶습니다. 부둣가의 노동자들, 시골 다방 마담들, 장터에서 땀 흘리며 쉰내 풍기는 이들이 더 살갑게 내 시에 다가옵니다.

사랑했던 사람들과 사랑해야 할 사람들이 내 시의 미학적 대상입니다.

○이번 시집에서 유독 많은 시적 서사를 생각하게 하는 장시 '프네우마(Pneuma) 시편'은 기존의 어떤 기표 속에서 이해하는 것보다 작가의 육성을 직접 듣고 싶은 작품입니다. 특히 이 시를 관통하는 '바람'의 의미 혹은 '바람의 비밀'은 무엇인지요? 그리고 이 시에서 쓰인 일련번호는 또 어떤 의미를 지니고 있는지요? 아님 단순한 형식적 기호일 뿐인지요?

'프네우마(Pneuma) 시편'은 100번까지 쓸 작정이었습니다. 의미를 부숴내는 백화작업, 언어적 질서를 깨면서도 상상하는 메시지를 포기하는 작업인데, 특히 바람이라는 존재는 눈에 보이지도 않고도 세상을 휘젓고 다닙니다. 무색공(無色空)의 존재가 시색(是色)의 상상을 불러주지만 역시 시색공(是色空)일 뿐인 허무를 유한하게 느낄 수 있도록 하는 것이 바람입니다. 인류가 멸망해도 이 우주에는 푸네우마의 바람이 가득 흘러다닐 것입니다.

○시인의 삶과 일상인의 삶은 같은지요? 다른지요? 일상적
삶이 곧 시가 될 수 있는지요?

시를 쓰는 일상이 삶의 일상과 다르지 않도록 노력하는 것
은 사물의 본질을 본질이 아닌 부호인 문자로 그려내는 일과
다를 바가 없습니다.

허위가 아닌 순일한 일즉다(一卽多)가 아닌 불이(不二)로 다
가서려는 인격적인 노력 과정입니다. 나는 시인으로서 존경을
받는 사람이 되려고 합니다. 시를 아무나 쓸 수 있지만 시인으
로서의 인간적인 자세가 흐트러진다면 아무리 아름다운 시적
조합의 글쓰기를 한들 무슨 소용이 있겠습니까? 나의 시학은
시 쓰기를 통한 일상 미학의 추구와 함께 존경받는 사람이 되
려는 데 있습니다.

○시를 쓰는 시간이 따로 있는지요? 또 시를 쓰면 가장 먼저
읽히고 싶은 독자가 있는지요?

지난날 문청 시절에는 술도 많이 마셔보고 뭐 시인이 대단
한 줄 알고 세상을 향해 침도 뱉어대고 찐한 사랑도 해보려는
기행의 짓을 하면서 꿈속에서도 시를 쓰기도 했습니다. 시를
알면 알수록 두렵고 무서워지더군요. 내가 시를 통해 세상을
바꾸겠다는 프로파겐다의 길이 얼마나 어처구니없는 짓인지
를 깨달은 후에는 내 인격을 가다듬고 수련하는 마음으로 정
각(正覺)의 시간에 글쓰기를 합니다. 시 작품의 품평과는 무
관한 일이며, 문학상이라든지 문학적 계급과는 이미 초월한
상태입니다. 문학적 정진이 내 스스로의 인격 훈련이면서 간

혹 내 시의 울림이 곁의 사람에게 율려로 전달될 수 있다면 그보다 더 다행스러운 일은 없겠죠.

○시인은 독자적인 행보라고 하지만, 그럼에도 불구하고 국내 시인 중에서 어느 시인과 문학적 정신적 관련이 있는지 말씀해주십시오. 자신의 문학적 계보를 시사(詩史)와 관련지어 어떻게 설명할 수 있는지 궁금합니다.

나의 대학교 문창 시절에 자극을 준 대여 김춘수 선생을 제일 먼저 손꼽고 싶습니다. 그의 시 작품뿐만 아니라 시문학 이론이 당시로는 가장 앞서는 시인이라고 확신합니다. 요사이도 그의 연작시와 시론들을 읽으며, 마치 투명한 문학의 정수를 마시는 느낌과 자극을 받습니다. 한국 현대시사에서뿐만 아니라 세계 시문학사에 뚜렷한 반열에 올릴 분이라고 믿습니다. 특히 시인으로서의 인격이 아주 높았던 분이기 때문에 앞으로 새롭게 조명될 날이 오리라 믿습니다.

○이번 시집이 출간되면 혼자 조용히 낭독하고 싶은 시 1편을 꼽는다면, 그리고 어디서 낭독하고 싶은지, 그 장소를 말할 수 있는지, 그 장소와 관련된 에피소드가 있다면 말씀해주세요.

대구직할시 달성군 구지장터가 불과 몇 년 전만 하더라도 고즈넉한 시골장터였습니다. 장날이 오면 수구레국밥 끓이는 냄새가 진동을 하고 낙동강을 타고 올라온 남도의 온갖 색다른 풍물을 그리고 그 속의 사람들을 만날 수 있었습니다. 옛날 추억으로 얼마 전에 그 장터를 찾은 시간이 황혼 무렵이었습니다. 주위는 아파트 숲이 둘러친 섬이 되었습니다. 가운데가 개발되기 직전의 모습을 유지하고 있는 양지다방을 들렀더니 첫눈에 아주 상큼한 여주인이 흰 이를 드러내며 반겼습니다.

최근에 찾아낸 아름다운 사람이었습니다. 그 내부 전경과 장터 주변에 전깃줄에 걸려 있는 황혼의 저녁노을을 바라보며 노새를 탄 늙어가는 한 시인의 애수와 사람에 대한 그리움이 그 여인에게 몰려들었습니다. 구지 장터 '양지다방'에서 이 시집이 나오면 출판 낭독회를 한 번 갖도록 해볼게요.

○시의 독자는 생각보다 훨씬 빠르게 소멸하고 있습니다. 시가 읽히지 않는 이 시대에 시를 쓰는 시인의 심경은 어떠하신지요?

시 독자는 사라져 가고 대신 시인들은 엄청나게 늘어나고 있습니다. 기현상이지요. 시인은 벼슬도 아니고 의식이 깨어 있는 창작자입니다. 시와 행위가 불일하는 시인이 많아져서 나는 시인답지 않은 이들에게 똥 시자 시인(屎人)이라고 조롱을 하는데 정작 본인들이 잘 모르고 있지요. 아마 나도 그 부류에 속할지도 모르죠.

○이번 시집을 출간하면 꼭 하고 싶은 일이 있습니까? 구체적으로 무엇을 어떻게 하고 싶으신지요? 예컨대 출판기념회 같은 것을 계획하고 있는지, 북 토크나 북 콘서트 같은 것도 구상하고 있는지 말씀해주세요.

이 시집이 내 인생에서 마지막이 될지도 모르니까 앞에서 말한 것처럼 이 시집이 출판되면 문명과 비문명, 사라져 가는 이 시대의 풍광 대구광역시 달성군 구지면 양지다방에서 나를 사랑하는 문학, 미술, 음악하는 예술인들과 함께 모여 구지 장터 '양지다방'에서 출판낭독회를 한 번 갖도록 해볼게요.

○문학의 장(場) 밖에서 인생이나 인문학적인 사유나 토론을 부정기적으로 편하게 나눌 수 있는 분이 있다면 이번 기회에 소개해주셨으면 합니다.

　예술미학에 대한 깊은 토론을 나누는 화가 전완식 교수가 있습니다. K-컬처를 주요 담론으로 한글, 한옥, 한식 등을 포함한 한국의 율동, K-팝 등 현대 한국의 미학에 뿌리를 둔 한국 전통미학의 뿌리를 캐내어 제자리를 만들어주고 싶습니다. 현재 두 사람이 나눈 녹음된 대담 내용을 좀 더 보완하여 책으로 출판하고 싶습니다.

○시 쓰는 일 이외 또 염두에 두고 있는 일이 있다면 말씀해주세요. 가령 스포츠나 여가 활동 같은 것, 아니면 새로 시작한 취미 활동 같은 것도 좋습니다.

　최근 한옥의 미를 배우고 싶어서 한옥학교에 수강하고 있습니다. K-컬처의 핵심인 한글 세계보급을 위해 앞장섰던 경험으로 한옥, 한식, 한복의 전통 미학의 뿌리를 찾아내려고 하는데 대체로 한국의 미를 빠른 속도의 융합력과 율려(律呂)에 기반하고 있다고 봅니다. 따라서 AI를 토대로 한 K-컬처의 빅데이터 구축을 추진하는 데 나의 지적인 힘을 보태고 싶습니다.

○시 이외 문학과 관련된 연구나 저술 활동이 있으면 이번 기회에 소개할 수 있는지요. 아울러 향후 집필 계획도 밝혀주시면 좋겠습니다.

저는 공부 욕심이 엄청나게 많습니다. 앞으로 「한국의 미학」, 「AI 설계도」, 「동북아의 주인공 여진」 등의 저술을 현재 집필 중에 있습니다. 앞으로도 시인으로서의 무게와 함께 학자로서의 내 사유의 깊이를 더하는 노력을 멈출 수 없겠지요. 더욱 더 완전한 인격체로 타인으로부터 존경받는 사람이 되려는 노력이 곧 내가 다가서고자 하는 미학의 정점입니다.

○아끼는 후배 시인 있다면, 혹은 문단에서 특별히 주목하고 있는 후배 시인이 있다면, 이 지면을 통해 소개해주세요.

후배 시인이지만 시적 안목은 저보다 훨씬 높은 중견의 이규리 시인을 소개하고 싶습니다. 그의 작품은 물론이고 시인의 태도, 시를 두려워하면서 창작하는 자세를 높이 평가하고 있습니다.

○끝으로 문학도 철학과 마찬가지로 낡은 사유로부터 벗어나 전혀 새로운 방식의 사유가 필요할 듯싶습니다. 향후 한국 시가 나아가야 할 방향을 조언한다면, 또는 그 방향에 대해 제안하고 싶은 것이 있다면 말씀해주세요.

너무 어려운 질문인데요, 우선 시인이 너무 많아요. 그러니까 시인의 품격이 천차만별이고 또 시작품이나 시 평론이 모르스부호처럼 해독하기 어렵습니다. 그리고 문학이 마치 이념의 완장을 하거나 역사를 바꿀 거창한 책무를 지고 있는 듯한 착각으로 침전된 현실의 문학바닥이 문제입니다. 미는 혁명과 다릅니다. 왜곡된 마르크스 미학은 본래적 미학이 거세된 변형일 뿐입니다. 마르크스의 예술 미학은 사람에게 안정감과 행복의 아름다움을 전달한다는 본래의 목표에서 너무 어긋나 있습니다.

　시를 쓰라는 사명감을 준 사람은 아무도 없습니다. 제 스스로 착종의 모래성에 빠져 허우적거리는 시인들은 먼저 자신의 인간적 성실성이나 타인으로부터 믿음이나 책무를 제대로 하고 있는지 되돌아봐야 할 것입니다.

이상규의 '프네우마 시편' 서평

화가 전완식

    화가로 활동하고 있는 저는 위대한 그림을 보게 되면 벅찬 감동과 동시에 '나도 저런 그림을 그리고 싶다.'는 욕구가 일어납니다. 장엄하게 떨어지는 감동의 폭포수를 맞은 저는 그길로 캔버스 앞에 다가가 광활한 대지 위를 달리는 말처럼 붓을 타고 시공간을 아우르는 예술가의 특권을 누리며 행복에 젖어 들곤 합니다.

    이번에 출판되는 이상규 시인의 '프네우마 시편'을 읽고 대지를 달리는 말이 아니라 우주선을 타고 우주공간을 나르는 상상의 희열감을 맛봤습니다. 질박한 시골 뚝배기 같은 텁텁함이 쩽하는 5성급 호텔의 샤베트처럼 변모하고 무문토기에 담긴 삶의 애환이 첨단공학의 결과물과 비견되며 공존과 초월을 넘나드는 시어의 향연 말입니다.

    또한 오랜 시간 함께해 온 명왕성이 행성에서 퇴출되는 사건처럼 사실이라 믿던 것까지도 다시 한번 본질의 근원적 물음으로 접근하여 사람을 '人間'이라 쓰는 이유를 알게 합니다.

사람들 사이에 있어야 비로소 사람이라는 인간, 그 사랑과 포용의 정신을 일깨워줌에 벅참이 있었습니다.

인간이 인간일 수 있는 이유가 곳곳에 조각된 이상규 시인의 시어는 오벨리스크처럼 당당히 서서 시대를 아우르게 될 것 같습니다.